(Jules _Chifflet_.)

TRAITTÉ
DE LA MAISON
DE·RYE

OV

DESCRIPTION SOMMAIRE

DE SON ANTIQVITÉ,

DIGNITEZ, EMPLOIS, ALLIANCES,

ET AVTRES GRANDEVRS.

A TRES-ILLVSTRE DAME

MADAME

ALEXANDRINE DE RYE

COMTESSE

DE TASSIS.

ADAME,

M. Si les Sçauans se conten-
tent d'vn simple griffonne-
ment pour juger de l'excel-
lence d'vn grand' tableau, je me persuade sans
crainte, que ce Discours que je presente à
V. S. Ill.me ne desplaira point au public. Ce
n'est pas que je veüille entrer dans son appro-
bation, en releuant de mauuaise grace mon
propre trauail : mais c'est que de soi mesme le
subjet est si meritant, que pour peu que je le
face connoître, je ne doute point qu'on ne le
prise. On ne sçauroit sans tort souhaiter qu'il
fust plus espais; attendu qu'on sçait assez, que

A 2 des

des Memoires fournis à vn ami qui efcrit vne
piece de longue haleine, telle que fera l'Hiftoire de voftre Maifon, ne doiuent pas efgaler en
groffeur le corps de tout l'Ouurage: je me pro-
mets au contraire vn fignalé profit de ma brieueté, foubs l'efpoir que j'ai, qu'en lifant de fi
belles chofes dont ce Traitté eft femé, on juge-
ra facilement que la matiere principale fera
compofée d'vn tres-pretieux metal; puifque les
limailles que j'ai ici ramaffées meritent qu'on
les eftime. En vn mot, MADAME, c'eft vn
petit effect du grand defir que j'ai de feruir les
voftres à l'exemple des miens; & je veux croire,
que quand il n'auroit rien de recommandable
que ma bonne volonté, il ne laiffera d'eftre à
ce tiltre en confideration auprés de V. S. Ill.^me,
de laquelle je fuis,

MADAME,

Ce 1. jour de Decembre
de l'an M. DC. XLIV.

Le tres-humble & tres-
obeiffant feruiteur
I. C.

Ivlio Chifletio Fratri,

Procerum RYÆORVM Gesta breui Panegyrico exornanti,

PHILIPPVS-EVGENIVS CHIFLETIVS Bruxellensis, Poëta in Collegio Bruxellensi Societ. IESV, annorum XIII.

     V I *celebrat Proceres, Frater, quos Fama vetusto*
        Heróum vulgat sanguine progenitos:
Implebit tantis benè magna Volumina rebus,
    Si digno excelsos prædicat ore viros.
Ergo quid hîc fiet, tam pauca vbi cerno? RYEÆ
    Elogium Genti forsitan impar erit.
Fallor ego; namq; inde tibi, cùm maxima paruis
    Contrahis, haud parui laus erit ingenij.
Sic memorant, quemdam nuculæ inclusisse Poëta
    Ilium & Heróas, claraq; bella Ducum.

MADAME ALEXANDRINE DE RYE, Comteſſe de TASSIS, porte vne lozange partie, à droite, des Armes plaines de feu LEONARD II. Comte de TASSIS ſon mari : à gauche, eſcartelé au premier & quatrieme d'azur à l'aigle d'or, qui eſt de RYE : au deuxieme & troiſieme encore parti, à droite ſemé de France, à gauche de gueules au lyon d'or, les deux faiſans pour TOVRNON. La lozange eſt entourée de la Cordeliere, Marque d'honneur propre aux Dames, dont l'vſage a paſſé en ces Païs depuis que la Royne Anne de Bretagne en vſa la premiere chez les François. Nos Princeſſes en vſoient autrement deüant elle en ces Païs-bas, car elles portoient vn parc d'or, au milieu duquel repoſoit la pointe de la lozange ou de l'Eſcu, qui eſtoit porté par elles indifferemment, encore qu'il n'appartienne qu'aux Roynes. Ainſi Madame Iſabelle de Portugal, femme de Philippe le Bon Duc de Bourgongne : ainſi Iacqueline de Bauiere, Comteſſe de Haïnau, en ont vſé. Et ce, non ſans myſtere, car c'eſt vn ſymbole de la conduite de leur ſexe, crayonné par le Sainct Eſprit au chapitre 4. du Cantique des Cantiques.

TRAIT-

TRAITTÉ
DE LA MAISON
DE RYE
OV
DESCRIPTION SOMMAIRE
DE SON ANTIQVITÉ,
DIGNITEZ, EMPLOIS, ALLIANCES,
ET AVTRES GRANDEVRS.

IL est certain, que celui seroit igno-rant de l'Histoire generale, qui ne sçauroit pas quelque chose en par-ticulier de celle de cette Maison. Les Escriuains ne s'en taisent pas: & tout ce qui esleue les grandes Familles par-dessus le commun s'y rencontre auec de si beaux aduantages, tant de splendeur & tant de gloire, que c'est auec raison, & sans faire tort à aucune, qu'elle est placée au rang des premieres qui ont l'honneur de reconnoître nostre Grand Roy. Neantmoins, attendu que ce qu'on en peut dire est espars chez diuers Autheurs, j'ai ju-gé à propos de ramasser vne partie de ce qu'ils en disent, & de reduire mes remarques à quatre principaux Chefs; qui seront l'Antiquité de

cette

cette Maiſon, ſes Illuſtres Alliances, ſes grands Moyens, & les Honneurs & Dignitez poſſedées par les Seigneurs de ce nom juſques à preſent.

Son Antiquité eſt ſi profonde, que nonobſtant l'obſcurité des ſiecles, on la tire de cinq cens ans; & ſi enfin il faut aduoüer, qu'elle n'eſt pas comme certaines riuieres, qui ne ſont à leur naiſſance qu'vn filet d'eau; mais qu'elle eſt auſſi Illuſtre & auſſi abondante à ce qui eſt tenu pour ſon commencement qu'elle a eſté en ces derniers temps.

Il conſte par les enſeignemens des Egliſes anciennes, & par les domeſtiques, qu'en l'an M. XLV. viuoit HONORE Seigneur de RYE: & dix ans aprés, ſon fils AYMON, parlant de ſon pere cómme desja mort, commence vn tiltre Latin en cete façon: NOS AYMO DE RYA, FILIVS QVONDAM NOBILIS HONORATI DE RYA. De cet AYMON vint FELIX DE RYE, viuant enuiron l'an M. C. & de lui HVGVES DE RYE, Seigneur de Neuf blans, terre principale, & qui a donné le nom à vn Decanat de l'Egliſe de Beſançon. De HVGVES naſquit GVILLAVME DE RYE Cheualier, qui fleuriſſoit l'an M. CC. VI. Et c'eſt de lui que ſont iſſus en droite ligne tous les Seigneurs de cete Maiſon juſques à maintenant. C'eſt aſſez, ſi je ne me trompe, pour l'Antiquité. Et remarquez, s'il vous plaiſt, les termes dont ſe ſert AYMON DE RYE; car vous aduoüerez auec tous les Sçauans, que cette façon de parler au plurier en la pre-

miere

miere ou seconde personne, escriuant en Latin, a esté vne marque infallible d'vne preeminence singuliere : puisque cette formule n'ayant pas [1] esté prattiquée par le Pape ADRIEN escriuant à l'Empereur FRIDERIC I. cela fut cause en partie qu'il s'offensa, & prit ce pretexte entre autres, pour secoüer l'obeissance qu'il deuoit au Sainct Pere.

Ioignez à cette profondeur les Alliances que cette Maison à tousjours faictes; & vous trouuerez que l'Aigle de RYE à pris son essor, il y a plusieurs centaines d'années, tantost auec celui de la Maison de Vienne, tantost auec celui de celle de Rougemont, tantost auec celui de celle de Montaigu; dont la [2] premiere & [3] la derniere sont des Branches de nos anciens Princes; & la seconde a donné des freres vterins à nos Comtes de Bourgongne, ainsi que nous l'enseigne clairement [4] Alberic en son Histoire. Or il est certain, que tels mariages n'estoient point permis à des Gentilshommes d'estoffe ordinaire; & que semblables liaisons estoient aussi difficiles que celles de l'huile & de l'eau. D'où il faut conclure, que les Seigneurs de cette Famille prenoient leur vol bien plus haut qu'vn grand nombre d'autres Maisons, que la liberalité des Princes a esleuées depuis. Pour trancher court, il suffit de dire, que les lyons de Saulx & de

B　Tour-

[1] Radenicus de Gestis FRIDERICI I. Imperatoris lib. 2. cap. 18. *Princeps ergo & ipse acceptâ occasione suam hoc modo solatur indignationem : iubet Notario, vt in scribendis chartis nomen suum præferens Romani Episcopi subsecundet, & dictionibus singularis numeri ipsum alloquatur. Qui mos scribendi cùm antiquitus in vsu esset communi, à modernis ob quamdam personarum reuerentiam & honorem putatur immutatus.*

[2] Louys Golluten ses Memoires liu. 6. chap. 46.

[3] André du Chesne au liu. 4. chap. 28. de sa premiere edition de l'Hist. des Roys, Ducs & Comtes de Bourgongne.

[4] Sub annum 1190. vbi sic de Guilielmo Comite: *De* Alaide *Comitissâ, quæ fuit vnica heres de Treuâ relicta Theobaldi de* ROGEMONT, *duos genuit Comites, Stephanum de Vltrasagonam & Gerardum Viennensem. Et rursum sub annum* 1220. *vbi de controuersiâ Electionis Vesontinæ inter Ecclesias SS. Ioannis & Stephani : Electus est igitur in Archiepiscopum vir Nobilis Gerardius Sancti Ioannis Decanus, filius Theobaldi de* ROGEMONT, *filij Humberti, Comitis Stephani consobrinus: & habuit fratres Humbertum & Theobaldum. Humberti filius Hugo de filiâ Haymonis de Falcongneis genuit Haymonem modernum.*

Tournon, les Bandes de Salins, de Longuy, de Neufchaftel & de la Baume n'y manquent point; que les Croix de Lorraine, de la Palud, de Varambon; les Vairs de Bauffremont, les Efchiquiers de la Roche, les Quintesfeuilles de Vergy & de Lugny, les Befans de Poitiers-Valentinois s'y retrouuent, les Harpies d'Ooft-frife & les Chabots pareillement, outre plufieurs autres Familles de Sang Illuftre, dont la brieueté me retranche le moyen de parler. De forte que ceux de cette Maifon qui viuent aujourd'hui (fans toucher aux Alliances des branches collaterales qui font efteintes, & fans ramener deuant nos yeux cette Venerable Antiquité) peuuent, à le prendre feulement dez le temps de GERARD DE RYE Baron de Balançon, dire auec verité, qu'ils content parmi leurs Ayeuls des Princes à hauts fleurons, & qui ont manié des fceptres.

Aprés fuiuent les Moyens & les Illuftres poffeffions, fans lefquelles la Nobleffe n'eft qu'vn or pafle, vne fleur flaiftrie, & vne glace de miroir, deftituée de mercure qui lui donne la force de renuoyer les objets. Cet aduantage n'a pas manqué non plus à ceux de RYE: & je remarque, que parmi les Epitaphes de cette Maifon qui font en l'Abbaye d'Acey de l'Ordre de Cifteaux en la Comté de Bourgongne, dans plufieurs infcriptions, dont la plus recente eft de l'an M. CCCC. LXXXI. ceux de ce nom font qualifiez NOBLES ET PVISSANTS SEIGNEVRS. En effect ils ont tousjours efté dans la fplendeur,

&

& jouïssans de grandes & belles Seigneuries, dont vne partie est dans leur Maison dez enuiron cinq cens ans; & l'autre leur est arriuée successiuement par de riches Alliances auec des Familles du Païs & de la frontiere, qui ont fait comme ces riuieres, lesquelles se jettans dans les grands fleuues qu'on appelle [1] Royaux, y perdent leurs noms, & espousent ceux des canaux dans lesquels elles entrent, jusques à ce que ceux ci mesmes aillent perdre les leurs dans l'Ocean. Ainsi la Maison des anciens Comtes de la Roche en montagne, qui ont porté ce tiltre passez quatre cens ans, & qui ont eu l'honneur d'auoir de leur sang des [2] Princes de Thebes & des Ducs d'Athenes alliez à des [3] Roys du Leuant, est tombée dans la Famille de RYE par son alliance auec la Maison de la Palud, qui a aussi apporté les successions des Maisons de Varambon en Bresse, & de Villers-seixel en la Comté de Bourgongne. A quoi il faut adjouster les hoiries des Maisons d'Amance, de Rougemont, de Longuy, de Neufchastel, & tout nouuellement de celle de Tournon : sans toucher à plusieurs autres, qui estoient chacune de soi fort Illustres, & qui aujourdhui se rencontrent pour la plus part en la personne de François I I. du nom Marquis de Varambon.

En quatriéme lieu, pour preuue de la grandeur d'vne famille on met aussi en ligne de conte l'ordre & le rang qu'elle a tenu de temps à autre. Or celle de Rye possede cette gloire jusques à tel point, que non seulement dez l'aage

B 2

ge

1 Papirius Massonus in descriptione Galliæ per flumina.

2 Albericus Monachus in Chron. M S. *Anno* M. CC. V. *Otto de Rupe, cujusdam Nobilis Pontij de Rupe in Burgundiâ filius, quodam miraculo fit Dux Athenienſium atque Thebanorum.*

3 Balduinus de Auesnis in libro M S. Genealogiarum sui temporis, vbi de VVilelmi de Sancto Audomaro ex Idâ Auesnenſi filijs: *Quintus nomine Nicolaus duxit vxorem Reginam Theſſalonica, sororem VVilelmi de Rupe Ducis Athenarum, ex quâ duos genuit filios; quorum primogenitus nomine Bilas, fratre suo VVilelmo sine herede defuncto, vxorem ducens Dominam Thebarum, tres filios ex eâ genuit, Nicolaum, Ottonem & Ioannem. Hic Nicolaus patri succedens vxorem duxit Achaiæ Principiſſam.*

ge de nos Ayeuls, mais dez plusieurs siecles les Seigneurs de son nom ont eu des honneurs en grand nombre, & des plus eminens & releuez de leur temps. Parmi les anciens Seigneurs Bannerets de la Bourgongne ceux de RYE n'y sont aucunement oubliez. Dans vn vieil Prouincial d'Armoiries que j'ai veu autrefois, côpilé & dressé soubs Philippe le Hardy Duc de Bourgongne, soubs le tiltre des *Bourgongnons à Banniere,* se trouue le Seigneur de RYE auec la siênne, qui est blasonnée d'azur à l'aigle d'or. Froissard en son Histoire, [1] où il raconte les guerres de Don Iean Roy de Castille contre le Grand Maistre d'Auis, vsurpateur du Royaume de Portugal, parlant des Cheualiers qui furent faits au procint de la bataille d'Aljubarota, & des Barons qui desployerent leurs Bannieres en cette conjoncture, il rapporte entre ceux ci Messire IEAN DE RYE, qui auoit l'honneur de conduire l'ost des Bourguignons. C'est aussi pour ce subjet qu'ANTOINE DE RYE, premierement Doyen de Dole, & depuis de la Saincte Chapelle de Dijon, frere de IEAN DE RYE, Seigneur de Balançon & de Corcondray, & d'Antoinette de Salins, est qualifié par le Bon Duc Philippe en des lettres de recommandation en sa faueur au Chapitre de la Saincte Chapelle, [2] *issu de race Noble de Barons.* Ceux qui sçauent l'Histoire jusques au fonds, sçauront mieux peser ces paroles que ceux qui en ignorent la force, & qui sans distinction des temps, voudroient rapporter celui, auquel ces paroles furent

rent

[1] Vol. 3. c. 14. *Et mirent hors premierement aucuns Barons de Bearn leurs Bannieres auec plusieurs de Castille; & aussi Messire* IEAN DE RYE.

[2] Claudius Robertus in Diuione, ad calcem Galliæ Christianæ.

rent escrites, à l'vsage d'à present, où la corru-
ption s'est glissée generalement par tout en l'at-
tribution de cette qualité. Mais pour laisser ce
qui se peut dire de la Famille en gros, montons
vn peu plus haut, & parlons de IEAN Seigneur
de RYE, trisayeul de IEAN & D'ANTOINE auant-
dits. Nous trouuerons que soubs les derniers
Ducs de Bourgongne, de la premiere Branche
des Capets, & qui estoient aussi deuenus par alliance Comtes Palatins de la Haute & Franche
Bourgongne, ce Messire IEAN Seigneur de RYE
fut comblé de toute sorte d'honneurs. Lisez
Froissard Autheur contemporain, & il vous
[1] apprendra qu'en l'an M. CCC. LX. lors que le
Roy d'Angleterre leua le siege de Rheims, &
qu'il tourna ses armes deuers la Duché de Bourgongne (qui n'attendoit rien moins) il fut enuoyé en Ambassade à ce Roy à Aiguillon, peti-
te ville sur la riuière de Sellettes, auec les subjets
les plus releuez, & autres Ministres d'Estat du
jeune Duc Philippe de Rouure; à sçauoir Messire Anseaume de Salins Grand Chancelier de
Bourgongne, Messire Hugues de Vienne, Messire Guillaume de Thoraise, & Messire Iean de
Montmartin. Ie ne sçaurois dire bonnement, si
alors il estoit desja Mareschal de Bourgongne;
mais il est certain, qu'en l'an suiuant M. CCC. LXI.
le mesme jeune Prince Philippe estant aux ex-
tremitez, & pour ce faisant son testament, parmi les Seigneurs dont il se souuient en cette
sienne derniere volonté, il [2] appelle cettuici SON
MARESCHAL. La bonne intelligence qui continua

B 3

1 Volume 1. chap. 210.

2 Extrait du Testament de Philippe Duc & Comte de Bourgongne, fait à Rouure le 21. jour de Nouembre l'an M. CCC. LXI. *Item donnons & laissons à Messire* IEAN DE RYE *nostre* MARESCHAL *en remuneration de ses seruices deux cens libures de terre, à asseoir en & sur nostre ville d'Orchans, & les appartenances en heritage perpetuel par lui & les siens : & en outre lui laissons mille florins par vne fois.* Et plus bas : *Item des dommages que nos Cousins Messire Iacques & Messire Henry de Vienne & ledit Messire* IEAN DE RYE *ont eu & soustenu, en ce qu'ils furent prins à Charecy; que s'il est auisié par nos executeurs, ou trouué que nous y soyons tenus, que satisfaction leur en soit faicte à chacun pour sa portion.*

nua entre Charles V. Roy de France, & les
Princes de Bourgongne, qui estoient de son
sang, fut cause que ce Roy le fit en l'année
M. CCC. LXXIV. du Conseil de la 1 regence aprés
sa mort, quand Charles VI. son fils commence-
roit à regner. Et l'an M. CCC. LXXXV. estant alors
aagé de LXX. ans, il conduisit le secours que le
mesme Roy Charles & Philippe le Hardi son
oncle, Duc & Comte de Bourgongne, enuoye-
rent au Roy Iean de Castille, contre le Grand
Maistre d'Auis, qui s'estoit emparé du Royaume de Portugal. Ce fut en cette glorieuse occa-
sion qu'il parut auec sa teste chenuë, & qu'aprés
auoir harangué l'auantgarde qu'il commandoit,
il attaqua vigoureusement le quartier du Grand
Maistre, qui estoit au fauxbourg d'Aljubarota.
Mais aprés qu'il y eut perdu nombre de cheuaux tuez soubs sa personne, il tomba enfin au
pouuoir des ennemis, lors que l'enuie de certains Capitaines qui commandoient les autres
forces du Roy de Castille le fit abandonner entierement, comme Froissard le dit beaucoup
plus amplement. Les Autheurs Espagnols, &
entre autres 2 le plus elegant de tous leurs Histo-
riens modernes, regrettent son malheur, & ne
3 feignent pas de dire, qu'il n'auoit pas merité
vn tel traittement. Tant y a, que ce n'est pas
vn petit honneur d'auoir possedé, il y a si long-
temps, la charge de Mareschal de Bourgongne:
lequel du temps de Charles VIII. Roy de
France auoit encore de si grandes prerogatiues,
qu'il pretendoit passer deuant celui de France,

&

& qu'aprés vn long debat, comme tefmoigne
Madame Alienor de Poitiers, il [1] fut dit qu'ils
iroient alternatiuement l'vn deuant l'autre.

Ayant parlé du Marefchal IEAN DE RYE,
je pourrois m'eftendre & adjoufter, comment
desja en ce mefme temps la fidelité des Seigneurs de RYE eftoit en eftime, & qu'elle paroiffoit en ce que non feulement on donnoit
la Lieutenance generale d'vne Armée à l'Aifné
de cette Maifon; mais encore parce que les Ca-
dets, ainfi que [2] THIEBAVD DE RYE Cheualier,
mentionné pareillement dans le teftament de
Philippe de Rouure, & MARC DE RYE, en
donnoient des preuues tres-euidentes; le premier en maintenant vne importante place pour
le feruice de fon Prince, & l'autre en accourant
au fecours de Louys de Male Comte de Flandres & de Bourgongne, pendant le plus fort
[3] des guerres & rebellions de Flandres, en l'an
M. CCC. LXXXIII.

Ils continuerent depuis foubs les Princes des
deux Bourgongnes de la Branche de Valois, &
enfin foubs ceux de la Tres-augufte Maifon
D'AVSTRICHE: de laquelle ils embrafferent
le parti contre les inuafions des François foubs
l'Empereur MAXIMILIAN I. En ce fiecle fleurif-
foit SIMON DE RYE Seigneur de Balançon
&

[1] En fon Trait-
té MS. des Hon-
neurs de la
Cour ; *Et fi ay
ouy dire, qu'à
vn honneur le
Marefchal de
Bourgongne va
deuant cettui de
France : &
pour le debat
qui a efté der-
nierement entre
le Marefchal
de France &
cettui de Bour-
gongne à l'en-
trée du Roy
Charles à pre-
fent, a efté or-
donné, que par
tout ils iroient
l'vn deuant
l'autre, puis
l'vn, puis l'au-
tre : ce qui a efté
fait au grand
regret du Ma-
refchal de Bour-
gongne; car il
difoit que con-
tinuellement il
debuoit aller de-
uant. Le Roy
n'en auoit point
donné, pource
que fon entrée
fut trop fubite,
& pource ils
alloient par tout
l'vn deuant
l'autre. Et au
foir, quand le
Roy fouppa à
la table de mar-
bre au Palais,
il fut ordonné
que les deux
Marefchaux*

*n'y foupperoient pas pour leur debat : & fut dit, que Monfieur le Marefchal de Bourgongne iroit
foupper auec Madame de Beaujeu, fœur ainée du Roy, & l'autre auec Madame d'Orleans, mere de
Monfieur d'Orleans à prefent. Monfieur le Marefchal de Bourgongne ne fut pas content de cette or-
donnance : toutefois la caufe demeura ainfi pour cette fois, & fut cette entrée du Roy l'an*
M. CCCC. LXXXIV.

[2] *Item voulons & ordenons que Meffire* THIEBAVD DE RYE, *à prefent noftre Chaftelain de Bra-
cons, foit & demeure en icelui office durant fa vie aux gages accouftumez, &c.* Teftament de Philippe Duc & Comte de Bourgongne, desja cité ci deuant.

[3] Chronique de Flandres imprimée par Denis Sauuage l'an 1562. chap. 114.

& de Dicey, Cheualier de la Souueraine Cour de Parlement à Dole, fils de LOVYS DE RYE Seigneur de Balançon & de Corcondray & de Ieanne de Saulx, neueu D'ANTOINE DE RYE Doyen de la Sainĉte Chapelle de Dijon, & mary de Ieanne de la Baume, issuë des Comtes de Montreuel. SIMON fut pere de cinq fils, dont les trois premiers furent nommez IOACHIM, GIRARD & MARC, esgalement celebres dans l'Histoire de leur temps: & les deux autres, PHILIBERT & LOVYS, tous deux Euesques de Geneue. Messire IOACHIM DE RYE porta ce nom le premier de sa Maison, en memoire de son oncle Messire Ioachim de la Baume Comte de Chasteauuillain. Il fut nourri en ses jeunes ans auprés de l'Empereur CHARLES V. alors de mesme aage que lui: & à peine fut il hors des langes, & commença-t'il de marcher, que Messire SIMON DE RYE son pere le donna à ce jeune Prince, alors appellé Duc de Luxembourg.

C'est dez ce temps qu'on peut obseruer dans l'Histoire de riches traits, comme autant de tesmoignages de la bienueuillance de ce Phœnix des Princes à l'endroit de IOACHIM, estant tres-asseuré, que tous les effeĉts d'vne veritable faueur & confiance tres-particuliere se rencontrent en lui. Premierement il * seruit le Prince CHARLES en qualité d'Enfant d'honneur; & quand cet aimable nourriçon prenoit en presence de l'Empereur MAXIMILIAN son Ayeul ses esbats enfantins, liurant des batailles aux Turcs & aux Infideles, le petit IOACHIM estoit

* Extrait de l'Estat de la Maison de CHARLES Prince d'Espagne, dressé en l'an 1511. Parmi les Enfans d'honneur IOACHIM DE RYE, PIERRE DE VEREY.

tous-

tousjours le premier aprés son Maistre, & re-
tournoit tousjours victorieux auec lui. Ces com-
mencemens furent des preludes de ce qui ad-
uint depuis : c'estoit des lionceaux qui tiroient
desja leurs ongles, & qui menaçoient par auan-
ce ceux à qui ils donneroient vn jour de rudes
secousses, Quand ce Prince, comme heritier des
Royaumes d'Espagne par la mort du Roy PHI-
LIPPE LE BEL son Pere, fut obligé pour le
bien de ses Couronnes de faire vn voyage en
Espagne par mer au dixseptieme an de son âge,
IOACHIM DE RYE ne fut pas oublié dans la [1]
liste de ceux qui deuoient le seruir & accom-
pagner par tous ses Estats de la Couronne de
Castille, quand il en iroit prendre la possession.
Mais la confiance que ce Prince estant deuenu
Empereur tesmoigna lui auoir, ne parut jamais
plus euidemment qu'en l'an M. D. XXXI. qu'il
fut fait par lui [2] Sommelier de corps, c'est à dire
l'inseparable Gardien de sa personne sacrée. Il
l'accompagna par tout en cette qualité, & jusques dans l'Afrique, attendu qu'au voyage que
l'Empereur entreprit pour le restablissement de
Muley-Hazen en l'an M. D. XXXV. ce Seigneur
de RYE estant à la rade de Thunes, fut [3] armé
Cheualier de la main de ce grand Monarque.
Quelques années aprés, son Maistre ne se con-
tenta pas de l'auoir fait simplement Cheualier,
car il voulut encore l'auoir pour Compagnon
de son Ordre de la Toison d'or : auquel il fut
C asso-

1 Extrait de l'Estat de la Maison du Roy CHARLES I. dressé pour son voyage d'Espagne en l'an 1517, au rang des Gentilshommes: IOACHIM DE RYE, *Guiot de Vandrey.*

2 Iean de Vandenesse Contrerolleur de la maison de l'Empereur CHARLES V. en ses Memoires escrits à la main, soubs l'an 1531, au mois de Iannier.

3 Extrait des Archiues de l'Ordre de la Toison d'or en la description du Chapitre d'Vtrecht de l'an 1546. *Le 15. de Iannier les Elections se firent en la Chambre de l'Empereur, qui estoit couché sur son lit, habillé d'vne casaque, ayant auprés de soi ses habits de l'Ordre & son Collier; & furent esleus les Cheualiers suiuants, Maximilian Roy de Boheme Archiduc d'Austriche, &c.* IOACHIM

Seigneur de RYE. Puis ils adjoustent de ceux qui auoient desja esté auparauant armez Cheualiers: *Le Seigneur de RYE auoit esté fait Cheualier à Ralda prés de Thunes le mesme jour que le Duc d'Albe: & pource fut colloqué incontinent aprés lui.*

associé au Chapitre d'Vtrecht en l'an M. D. XLVI. & l'année suiuante il est porté dans [1] l'Histoire de la guerre entreprise contre les Protestans de l'Empire, qu'il y assista: & mesme vn [2] Illustre Historien, qui a couché par escrit cette expedition, raconte que l'Empereur passa la riuiere d'Elbe, monté sur vn cheual que le Seigneur de RYE lui auoit presenté. De IOACHIM & de la fille aisnée des trois heritieres de la Maison de Longuy, il n'y vint qu'vne fille nommée Françoise, alliée premierement à vn [3] sien cousin germain nommé CLAVDE FRANÇOIS, fils de MARC DE RYE Seigneur de Dicey : c'est celui mesme, *qui par fortune* (dit vn Escriuain Liegeois traittant de la naissance & des armes de ce Seigneur) *en faisant vn compliment, & se baissant à la sortie d'vne chambre, de son propre poignard, sur lequel il tomba, se tua estant à l'Hostel de Monsieur Lamoral Comte d'Egmont à Bruxelles, en l'an* M. D. LXVIII. Sa femme n'en eut aucun enfant qui vesquist longuement; tellement qu'elle espousa depuis en secondes nopces Leonor Chabot Comte de Charny, Grand Escuyer de France: dont la posterité est pareillement finie en quenoüille, & deux seules filles estans sorties de leur mariage, dont l'aisnée nommée Marguerite fut mariée à Charles de Lorraine premier Duc d'Elbœuf, & l'autre appellée Leonore, conjointe auec son parent

---

1 Nicolaus Mameranus in Catalogo Familiæ Aulæ Cæsareæ 1547. &c. vbi cubiculum Caroli V. descri-bit: IOACHIMVS *Dominus à* RIE *primus à cubiculis, quem Summelerium, id est Primarium Præfectum & Custodem corporis vocant, Eques Ordinis Aurei velleris.*

2 Lud. Dauila & Zuniga in Comment. de Bello Germ. lib. 2. vbi narrat transitum Albis fluminis: *Proximi Cæsar & Rex Ferdinandus, cum suo vterque agmine ad aquam constiterant. Cæsarem equus Hispanus vehebat, coccino serico villoso, cui ex auro fimbria erat, instratus. Hunc ei* IOACHIMVS RIVS, *Decurio Cubiculariorum, ex Aurei Velleris sodalitio, vir Illustris, dono dederat.* Alfonse Vlloa en la Vie de l'Empereur FERDINAND I. parlant du passage de la riuiere d'Elbe: *Caualcaua l'Imperatore vn cauallo Spagnuolo, gianneto, castagnato oscuro donatoli da Monsignor di* RI *Caualier dell' Ordine del Tosone, & suo primo Cameriero. Era coperta la sella di velluto cremesino, & esso era armato di armature bianche nè altro portaua sù quelle che la sua banda larga di tafetta cremesino listata d'oro.*

3 Iean de Briamont Archer de corps du Roy PHILIPPE II. en son Traitté MS. des Armoiries de diuers Paï : lequel est au pouuoir du Sieur VVoutiers, Heraut & Roy d'Armes de Sa Majesté au tiltre de Gueldres.

parent CHRISTOPHLE DE RYE Marquis de Varambon, Cheualier de l'Ordre de la Toison d'or.

Reste à parler de Messire GIRARD DE RYE Seigneur de Balançon, duquel descendent les Seigneurs & Dames de cette Maison qui viuent à present; car la posterité de son frere MARC Seigneur de Dicey finit il y a peu d'années en la personne de MARC-FRANÇOIS DE RYE Marquis de Dogliani, fils de MARC-CLAVDE DE RYE aussi Marquis de Dogliani, & de Chrestienne de Madruce, Dame dont la noblesse est assez connuë tant du costé de son pere que de celui de sa mere, issuë de Famille Couronnée. Quant à GIRARD, il suiuit son frere de si prés en merites & en vertu, qu'il occupa le premier degré d'honneur aprés celui de Messire IOACHIM son frere, & fut fait second Sommelier de corps de l'Empereur CHARLES. Il est remarqué * par les Autheurs, qu'il portoit cette qualité quand il fut enuoyé en Ambassade à François I. Roy de France, pour l'induire à prendre les armes contre les ennemis de la Chrestienté.

Voyons maintenant, si les fils que GIRARD DE RYE Seigneur de Balançon eut de Louyse de Longuy, & qui fleurirent soubs le Roy PHILIPPE II. ont pas esté dignes imitateurs de leur pere. Le premier d'entre eux, quant au rang de la naissance, fut MARC DE RYE Marquis de Varambon, Cheualier de l'Ordre de la Toison d'or, & Gouuerneur de la Duché de Gueldres, puis de la Comté d'Artois. Il commença de

Messire Martin du Bellay en ses Memoires liu. 4. en l'an M. D. XXXI, Ce temps pendant arriuerent deux Ambassadeurs vers le Roy; l'vn par le Roy Iean de Hongrie, qui fut le Seigneur Hierosme de Lasco, principal homme de sa Cour; & l'autre par l'Empereur, qui fut le Seigneur de BALANÇON, second Sommelier de corps dudit Seigneur. Et vn peu plus bas il raconte fort amplement le subjet de ces Ambassades.

C 2   seruir

* Francesco Lanario nell' Historia delle Guerre di Fiandra, anno 1577. *Andana tratanto Don Giouanni follecitando le prouifioni della Guerra. E non di meno volfe mandar' in Germania il Marchefe di Varambone, à pregar l'Imperatore & altri Prencipi, che volezzero farfi mezzani à procurar' vna Pace ne i Paefi baffi : ò vero, che non permetteffero, che di Germania andaffe alcun' ajuto à i ribelli del Ré Cattolico. Quanto alla Pace, l'Imperatore fece trattarne dal Cardinal di Liege, il quale molto vi fatico, fenza frutto; è quanto all' altro punto, il Varambone hebbe rifpofta, che i detti Prencipi fi terrebbono neutrali.*

feruir le Roy PHILIPPE II. en la perfonne du Prince Don IEAN, & fut enuoyé par lui faire plaintes * à l'Empereur, de ce que MATTHIAS, Archiduc d'Auftriche, contre le gré de Sa Majefté s'eftoit joint aux Eftats des Païs-bas. Eftant Gouuerneur d'Artois, il fut en vn combat prifonnier des ennemis de fon Roy, faifi l'efpée au poing, & en vaillant Chef. Enfin il mourut fans laiffer aucun enfant de fa femme nommée Dorothée, fille de François Duc de Lorraine, & de Chriftienne de Danemarck. Cette fienne alliance auec la Maifon de Lorraine fut propofée & moyennée par le Duc de Guife, à qui fa perfonne & fa Naiffance eftoient bien connuës. Ce n'eftoit pas la premiere fois qu'on voyoit l'aigle de RYE auprés des alerions de Lorraine : desja Louyfe de Longuy, mere de ce Seigneur, auoit pour Trifayeule Alix de Lorraine Dame de Chaftel fur Mofelle, femme de Thiebaud Sire de Neufchaftel : & à mefme temps qu'il efpoufa la Princeffe Dorothée, fa coufine germaine Françoife de RYE, femme d'Eleonor Chabot Grand Efcuyer de France, deuint belle-mere de Charles de Lorraine premier Duc d'Elbœuf, ainfi que j'ai dit ci-deuant, parlant des deux filles de cette Dame : de forte que cette alliance du Marquis de Varambon eftoit, pour ainfi dire, la troifieme de celle de RYE auec la Sereniffime Maifon de Lorraine : & il eft veritable, que non feulement les Seigneurs de cette Heroique Maifon portent en quartiers les Armes des Princes Lorrains, comme

me en eſtans iſſus; mais encore les meſmes Princes de la Branche de France portent à tiltre pareil les Eſcus de RYE parmi les leurs.

Le ſecond fils de GIRARD Seigneur de Balançon, & frere du Marquis de Varambon deſſuſ-
dit, fut PHILIBERT DE RYE Comte de Varas, ainſi nommé à raiſon de ſon oncle PHILI-
BERT DE RYE Eueſque de Geneue. Ses em-
plois ne furent pas inferieurs à ceux de ſes pere,
frere & oncle: car ayant paru en la fleur de ſon
âge dans les Armées des Païs-bas, le Roy PHI-
LIPPE II. l'honora en l'an M. D. LXXXVII. de la
charge de Bailli de Dole en la Comté de Bourgongne: de laquelle François II. du nom Marquis de Varambon joüit encore preſentement.
Il commanda auſſi dans les Eſtats de Flandres
vn Regiment Vallon, & en ſuite il y fut eſleué
à la charge & eſtat de Grand Maiſtre de l'artillerie, puis à celle de Gouuerneur de la Duché de
Gueldres, qui eſt l'vn des plus honorables &
plus importans gouuernemens qui ſoit dans
tous les Païs de l'obeïſſance du Roy. En l'an
M. D. XCV. lors que Louys de Beauuau, Seigneur
de Tremblecour, appuyé des Princes voiſins en-
tra dans la Comté de Bourgongne, & ſe ſaiſit
de quelques places, il fut auſſi nommé par le
Comte de Fuentes, Gouuerneur des Païs-bas,
pour aller aſſiſter de conſeil le Conneſtable de
Caſtille, Gouuerneur de Milan, appellé en Bourgongne pour en chaſſer cet ennemi: mais il fut
jugé ſi vtile aux Païs-bas, qu'on changea d'aduis,
& * il y fut retenu juſques à l'an M. D. XCVII.

* Iean Baptiſte de Taſſis, dit le Balafré, au Diſcours MS. de ſes negocia-tions d'Eſtat,

qu'il

qu'il finit ses jours l'espée à la main, & en bon Capitaine pour le seruice de son Prince, lors que les Hollandois, soubs la conduite du Comte Maurice de Nassau, vindrent l'attaquer en son quartier, qui estoit à Turnhout en Brabant. Le nombre [1] des ennemis qui surpassoit celui des siens, outre qu'il n'y restoit aucune apparence de secours, le fit resoudre à monstrer l'exemple à ses gens : tellement qu'estant des premiers à repousser l'effort des ennemis, & enfin estant abandonné par la Cauallerie, il y fut tué glorieusement dans la meslée, & son corps delà porté à Anuers, pour receuoir sepulture en l'Eglise des Cordeliers. Il auoit espousé Dame Claude de Tournon, fille Aisnée de Iuste Seigneur de Tournon & Comte de Roussillon, & de Claude de la Tour, issuë des Comtes d'Auuergne. Cette Maison, en laquelle il prit alliance, est si releuée, que François de Belleforest [2] asseure, *qu'elle est vne des plus Illustres Maisons du Royaume de France, & des premieres des Gaules, soit en sang, vertu ou ancienneté.*

IOACHIM DE RYE, frere du Marquis de Varambon & Comte de Varas dessusdit, fut premierement Abbé de Saint Claude; & honoré lors qu'il n'y pensoit pas de la [3] recommandation du Roy PHILIPPE à l'Insigne Chapitre de

1 Franciscus Haræus in Annal. Tumult. Belgic. vbi de hoc prœlio: *Pugnatur acriter, cadunt vtrimque multi, & se quisque virum exhibet. Dum pugna hæc ad horam circiter dimidiam protrahitur, Mauritius cum suo equitatu aduolat: redintegratur prœlium, & quidem acrius quàm anteà; sed numero equitum inferiores Regij, dum vim non possent diutiùs sustinere, in fugam sese equites, desertis peditibus, effuderunt.*

2 En sa Cosmographie au III. liure de l'Europe pag. mihi 197. versâ: & en l'Epistre liminaire de la version qu'il a faite du Commentaire de la guerre de Flandres, escrit par Alfonse d'Vlloa, dedié à Iuste Louys Seigneur de Tournon Comte de Roussillon, frere de la Comtesse de Varas.

3 Le Cardinal de Granuelle en vne lettre escrite à Iacques de S. Maurice son Cousin, Grand Archidiacre de Besançon, datée de Madrid le 5. de Iuillet 1584. par où il lui donne aduis comment il est compris auec le Haut Doyen & le frere de l'Euesque de Lozânne en la recommandation du Roy au Chapitre: *L'on y a adjousté Monsieur de saint Claude, dont je m'esbahis, puis qu'il demonstroit desir de se vouloir marier, & laisser l'Abbaye: mais l'on aura voulu peuteststre tenir respect à Monsieur de Balançon, & à Monsieur le Marquis de Varambon. Et va auec la clause que vous verrez, s'il voudra continuër estre d'Eglise.*

de l'Eglife Metropolitaine de Befançon, aprés
la mort du Cardinal Claude de la Baume; afin_
que cet Illuftre Corps le choifift & efleuft pour
Archeuefque: mais à mefme temps il tefmoigna
d'auoir plus d'inclination à l'exercice des armes;
d'où vint qu'il prit la qualité de Marquis de Tre-
fort, & fut incontinent aprés eftabli Gouuerneur du Païs de Breffe; puis Lieutenant General
de Charles - Emanuel Duc de Sauoye en fes
guerres de Piedmont: où il [1] perdit la vie en cette qualité deuant le Siege de la ville de Cauorts
en l'an M. D. XCV.

Au contraire FERDINAND fon frere, qui
auoit efté efleué dans les armes, changea volontiers de condition, & aima mieux habiter dans
les Tabernacles de Dieu, que dans les tentes &
pauillons militaires. Il fut foudain efleué à l'Archeuefché de Befançon, fait par ce moyen Prince du Saint Empire, & comblé depuis par les
Princes de plufieurs autres grands benefices,
dont il a joüi fort long temps; mais fur tout de
fa principale dignité, laquelle il a poffedée juftement cinquante ans, s'eftant trouué au jour de
fon trefpas le plus vieil Euefque de l'Eglife de
Dieu. Sa Dignité, fa naiffance, & les belles qua-
litez de fon efprit porterent la Sereniffime In-
fante ISABELLE CLAIRE EVGENIE à lui con-
fier le gouuernement de la Prouince de Bourgongne [2] en l'an M. DC. XXX. conjointement_
auec le Parlement. Il fouftint ce faix jufques à la
deliurance de la ville de Dole, affiegée par les
François pendant le cours de quatre vingt jours;

au

1 Thuanus
Hift. lib. 113.
In eâ obfidione
Treforti Mar-
chio ex repenti-
no morbo periit,
qui fummum
armorum impe-
rium habebat:
in ejus locum
fuffectus eft
Montis majo-
ris Comes.

2 Par lettres
données à Bru-
xelles le 10. De-
cembre 1630.

* Par vn decret dont voici les paroles : *En conformidad de Consulta de Estado, que me la hizo con octasion de la nueua del socorro de Dola, resolui entre otras cosas, que al Arçobispo de Besançon se le emuiasse vna sortija que yo aya puesto en mi mano; y que se emuie tambien alguna cantidad de cadenas de oro, y hasta quatrocientas ò quinientas medallas de mi rostro, que se reparten entre las personas que se jusgaren mas benemeritas dellas. Y que ansi mismo se emuie vn credito, que por lo menos sea de docientos mil florines de à quatro reales, y que se arrime à trecientos mil, para assistir con la parte que pareciere dello para ayuda al reparo de los daños que en todas materias huniere receuido. El consejo de Hazienda dispondra el cumplimiento de lo que le tocáre, poniendo particular cuydado en ello. En Madrid à 15. de Settiembre de 1636. años. A Don Antonio de camporedondo.*

au bout desquels ce Grand Prelat, se retirant du mauuais air qu'il auoit respiré si long temps dans cette ville assiegée, rendit l'esprit le jour de Saint Bernard l'an M. DC. XXXVI. dans le Prioré de Courtefontaine, où mourut desja autrefois Hugues II. Archeuesque de Besançon. Ainsi il alla receuoir au Ciel la recompense de ses belles actions, à mesme temps que nostre bon Roy lui en preparoit de tres-honorables pour les grands & incomparables seruices qu'il auoit receus de lui. La nouuelle de cette victoire auoit desja si fort attendri le cœur de ce Monarque, que sur le recit de la generosité que ce digne Prelat auoit tesmoignée à l'âge de quatre vingt ans, il auoit * ordonné, que pour marque de sa reconnoissance on lui portast en Bourgongne vne bague de haut prix, qu'il eust autrefois mise en vn doigt de sa main Royale.

Or si depuis tant de siecles, & soubs tant de diuers Princes, les Seigneurs de cette Maison ont rendu leur nom celebre & immortel par la gloire de leurs actions; il est certain, que ceux qui ont vescu de nostre temps se sont monstrez par tout leurs vrais enfans & legitimes successeurs. I'entens les trois fils de PHILIBERT Comte de Varas; à sçauoir CHRISTOPHLE Marquis de Varambon, FRANÇOIS Archeuesque de Besançon, & CLAVDE Seigneur de Balançon, qui reste aujourdhui seul viuant des trois. CHRISTOPHLE Marquis de Varambon commença de seruir le Roy PHILIPPE II. en l'an M.D. LXXVIII.

lors

lors que le Duc de Sauoye se rendit Maistre du Marquisat de Saluces, ayant eu commission du Duc de Terranoua, Lieutenant, Gouuerneur & Capitaine General pour Sa Majesté en la Duché de Milan, de dresser vne Compagnie de cent cinquante cheuaux legers : ce qu'il fit aux frais du Comte de Varas son pere. Il seruit auec cette troupe d'eslite le Duc de Sauoye en tous ses voyages de Prouence, Dauphiné & Sauoye jusques à l'an M. D. XCV. que le Comte de Fuentes, Gouuerneur General des Païs-bas, lui fit commandement au nom du Roy, de prendre la charge de Colonel de l'Infanterie Bourguignonne auxdits Païs, pour seruir contre les Rebelles. L'an M. D C. il fut armé Cheualier de la main propre du Serenißime Archiduc ALBERT; au seruice duquel il continua jusques à l'an M. D C. I I I. assistant à toutes les prises des villes, secours de places, & autres plus memorables & importantes actions de ce vertueux Prince. Enfin le Roy PHILIPPE I I I. l'honora du Collier de l'Ordre de la Toison d'or en l'an M. DC. XVII. & il le receut de la main du mesme Archiduc dans l'antichambre des Grands au Palais de Bruxelles le X IV. Ianuier de l'an M. D C. XVIII. en compagnie de Philippe de Ligne Duc d'Arschot, & de Vratislas Comte de Furstemberg, qui auoient receu la mesme grace de Sa Majesté. Ce Seigneur eut vn seul fils de Léonore Chabot sa femme, fille de Leonor Chabot Grand Escuyer de France & de Françoise de RYE, nommé FRANÇOIS DE RYE I. du nom, Marquis

D

de

de Varambon. L'entrée de la presente guerre de Bourgongne seruit de theatre à la valeur de cettuici, attendu que dez que les armes Françoises parurent aux frontieres, & qu'elles eurent inuesti la ville de Dole, il se mit en estat de secourir la place où estoit le premier Siege de son Bailliage, desja possedé par ses Pere & Ayeul. Tellement que lors mesme que l'Archeuesque FERDINAND DE RYE, son grand oncle, defendoit cette place au dedans, lui trauailloit au dehors, & faisoit des miracles de valeur & de generosité. Mais peu aprés les calamitez publiques, dont la gloire des Francs-Comtois fut incontinent suiuie, l'enuelopperent dans le malheur commun, & le rauirent à sa patrie, au temps qu'elle en auoit le plus besoin, estant menacée de la continuation d'vne cruelle guerre, dont les ressentimens durent encore à present. L'amertume de cette perte fut notablement adoucie par les pretieux gages qui resterent à la Prouince de ses deux mariages auec Dame Catherine d'Oostfrise, & Dame Christine de Haraucourt: desquels je toucherai vn mot à la fin de ce discours, aprés auoir dit sommairement ce qui concerne les freres de CHRISTOPHLE Marquis de Varambon, grands oncles de ces jeunes Seigneurs.

Le second fils de PHILIBERT DE RYE Comte de Varas, & de Dame Claude de Tournon, fut nommé FRANÇOIS DE RYE. Ses parens le destinerent à l'Eglise dez son bas âge, & le firent estudier soigneusement à ce dessein en diuers

uers lieux des plus celebres de l'Europe. Il eut
pour Maiftre aux lettres humaines dans la ville
de Rome Marc Antoine Muret , & l'exacte
Hiftorien Famianus Strada de la Compagnie de
I e s v s : pour la Theologie morale, ce fut foubs
le non moins Pieux que Docte Martin Azpil-
cueta, furnommé le Nauarrois, qu'il en jetta les
fondemens. Eftant de retour, le Comte Pierre
Ernefte de Mansfelt, Gouuerneur des Païs bas,
lui confera l'Abbaye d'Acey de l'Ordre de
Cifteaux en la Comté de Bourgongne, & le
Grand Cardinal de Tournon, fon oncle mater-
nel, lui refigna celle de Perfaigne en France. Depuis il fut efleu Haut Doyen de l'Eglife Metropolitaine de Befançon; & en cette qualité il fut
deputé des Eftats Generaux de Bourgongne
vers les Archiducs A l b e r t & I s a b e l l e, qui
le retindrent premierement pour Sommelier de
Courtine en leur Chapelle Royale, puis pour
Chapelain Major, & pour grand Aumofnier.
Ce fut pareillement à l'inftance de ces Princes,
que l'Infigne Chapitre Metropolitain, duquel il
eftoit Doyen , l'efleut pour Coadjuteur en
l'Archeuefché de F e r d i n a n d d e R y e fon
oncle, Archeuefque de Befançon. A l'arriuée du
Sereniffime Infant Don F e r d i n a n d il eut
les mefmes honneurs dans fon Palais que du
viuant de fa bonne Tante. Ce jeune Prince
ayant bien toft reconnu fon merite, ne l'eftima
pas moins que fes predeceffeurs au gouuernement des Païs-bas , & donna tousjours pour
exemple à fes autres domeftiques ce braue Pre-

D 2   lat,

lat, à qui la vieilleſſe & le grand âge ne firent jamais obmettre vn jour de ſeruice. Enfin la mort de ſon oncle eſtant arriuée, il commença de mediter ſa retraitte en ſon Dioceſe, & de vouloir aller conter lui meſme les oüailles de ſon troupeau. C'eſtoit vne conſolation grande de l'oüir tenir des diſcours de la façon qu'il vouloit finir ſes jours dans ſa ville Metropolitaine. Il ne ſe propoſoit pas moins que d'imiter les anciens Archeueſques ſes deuanciers, qui pour la plus part ont mené vne vie Angelique en terre, & ſont de grands Sainⅽts dans le Ciel. Il commença dans la Cour de Bruxelles par vne vie ſpirituelle & Aſcetique qu'il entreprit, s'addonnant plus ordinairement à la lecture des liures les plus pieux, comme eſtoient l'Eſchelle de Saint Iean Climacus, & les Opuſcules du Cardinal Bellarmin de l'Art de bien mourir, du Gemiſſement de la Colombe, & de la Felicité des Sainⅽts. Mais à peine huiⅽt mois s'eſçoulerent, que ſes incommoditez grandes & ordinaires ſe redoublerent, & lui oſterent enfin le moyen de paſſer en ſon Dioceſe, mais non pas celui de joüir de la veritable felicité qui ſe retrouue ſeulement là haut parmi les Bien-heureux. Ce fut le XVII. d'Auril de l'an M. DC. XXXVII. que Dieu l'appella par vne mort douce, ainſi qu'il penſoit ſortir pour aller communier & aſſiſter à la Sainⅽte Meſſe, que ſes grandes infirmitez ne lui permettoient pas de celebrer en perſonne.

Ie laiſſerois volontiers maintenant prendre l'eſſor à ma plume, pour faire paroiſtre à leur

jour

jour les grandes vertus, jointes à de longs feruices, du troifiéme frere viuant aujourdhui, qui eft le Seigneur de BALANÇON : mais la crainte faifit mon cœur, & me donne de viues apprehenfions, que ce que je pretens efcrire, ne defplaife à celui mefme que je pourrois fi juftement loüer. Ie dirois qu'il y a quarante cinq ans paffez qu'il a l'honneur de feruir nos Roys, & que desja pendant le Siege d'Oftende il commandoit vn Regiment de fa fidele nation; qu'il y perdit la jambe gauche d'vn coup de canon; que peu aprés au * fecours de l'Efclufe vn pareil accident lui enleua derechef la quille qu'il lui auoit fubftituée : & qu'il a blanchi deuant le temps par fes continuelles & incroyables veilles, lors que nos Princes lui ont confié des principales places de leur Eftat. Ie dirois qu'il a efté la terreur de nos ennemis, le repos des peuples, qui fe reputoient bien affeurez, quand ils fçauoient que ce Seigneur eftoit en campagne : qu'il a forcé plufieurs villes rebelles en qualité de Grand Maiftre de l'artillerie, & fecouru grand nombre de celles qui font obeïffantes. I'efcrirois quelque chofe de fa vertu exemplaire, & adjoufterois d'admirables traits de la prouidence de Dieu au regard de fa perfonne, difant qu'il eft veritable, qu'il a mené vne vie toute Saincte dedans le Camp, qu'il a vne foy merueilleufe, & que pour ce fubjet la protection du Ciel parut euidemment fur lui vn jour qu'il eftoit feul parmi les ennemis, facile à connoiftre autant qu'homme du monde à raifon de fa jambe de

* Ioannes Balinus de Bello Belgico ab anno 1600. ad annum 1609. editus Bruxellæ typis Rutgeri Velpij: *Eo conflictu maximam fibi laudem peperit Baro à* BALANÇON, *Tribunus militum, inclyta generofaque ftirpis Burgundio: qualem fuperioribus bellis fe gefferat; vtpote gentis ac generis fui veftigijs infiftens. Ipfe namque jam tum obfidionis Oftenda initio, cùm vehementiùs vrgeret hoftem, non tamen quidquam temerario aggreffus aufu, emifsâ pilâ ferreâ, quæ finiftram tibiam confringeret, grauiter faucius, ac, nifi animus inuictus præcelleret, pæné exanimis fuit. Quem rurfus eadem fortuna infecuta, dum ad Clufam pugnatur, ligneam tibiam, in abfciffæ locum fuffectam, fimilis ictu globi percuffit.*

D 3 bois:

bois : car alors au lieu d’eſtre fait priſonnier par les ennemis de Dieu & du Roy, ils le traitterent au contraire auec reſpect, & ſe retirerent ne plus ne moins que s’ils l’euſſent pris pour vn autre. Mais je m’apperçois qu’inſenſiblement je le fais trop long, & qu’il eſt temps de finir, aprés auoir adjouſté en peu de mots le veritable eloge de Ferdinand de. Rye Marquis de Varambon, fils du Marquis François I. du nom, & de Catherine d’Ooſtfriſe.

Il auoit eu de ſon pere en naiſſant vne inclination tres-particuliere aux armes, aux grandes & heroïques actions, & en vn mot, à vne parfaicte imitation des beaux exemples que ſes predeceſſeurs lui auoient laiſſez : mais d’ailleurs il auoit ſi bien temperé ce naturel martial par vne ſinguliere douceur, que parmi les gens amis de la tranquillité, l’on euſt dit qu’il eſtoit entierement comme eux; & parmi ceux qui eſtoient portez à la guerre, il leur augmentoit l’enuie de monter bien toſt à cheual, & de faire des armes en raſe campagne contre les ennemis de ſon Roy. Il n’auoit pas dauantage de XVII. ans quand il commença de mettre en prattique ces genereuſes intentions : car eſtant appellé à la Cour de Bruxelles auec François II. Marquis de Varambon ſon frere; & le Sereniſſime Infant Cardinal, qui teſmoigna incontinent de les aimer beaucoup, honorant ſon armée de la preſence de ſa perſonne Royale; ce Seigneur, qui auoit eu entre autres choſes de la grace du Prince le Bailliage de Dole, & la Compagnie d’hommes

mes

mes d'armes de son pere, ne voulut point se fier
à vn Lieutenant; & mesprisant les interests de sa
Maison, pour seruir son Roy en la personne de
son frere vnique, alla lui mesme commander sa
Compagnie; où peu aprés, estant à la teste de ses
gens, il tomba au pouuoir des ennemis dans vn
combat, & tout chargé de blessures, il fut con-
duit à Amiens, où il expira le VI. d'Aoust de l'an
M. DC. XL. La nouuelle de ce triste euenement
affligea de sorte toute la Cour, que le malheur
du rencontre où il se trouua fut moins regretté
que sa perte.

FRANÇOIS DE RYE II. du nom son frere,
presentement Marquis de Varambon, deuint
par ce moyen Chef de cette Heroïque Maison.
Et c'est de lui qu'on peut dire, que pour son âge
il ne lui manque rien de tout ce qui releue vne
personne de sa condition: & qu'on reconnoit
par sa genereuse conduite que Dieu exauce
desja les vœux de ceux qui lui souhaittent mille
bonheurs : & qui considerans l'ancienneté de sa
race, les alliances des siens, & les hauts faits de
ses predecesseurs, se promettent auec raison
qu'vn jour il sera comme eux recompensé d'v-
ne gloire immortelle.

D 4

TABLE

TABLE I.

Pour faire voir que la Maison de RYE descend par femme des Empereurs de la Maison de Suaube.

FRIDERIC I. Empereur espousa Beatrix fille heritiere de Renaud Comte de Bourgongne.

HENRY V. Empereur.	BEATRIX [1] de Suaube femme de Guillame III. Comte de Chalon.
FRIDERIC, ou FERRY II. Empereur.	BEATRIX Comtesse de Chalon espousa Estienne Comte de Bourgongne.
	BEATRIX femme de Simon Sire de Ioinuille.

IEAN SIRE de Ioinuille Seneschal de Champagne Autheur de la vie de sainct Louys.

ANSEL Sire de Ioinuille Seneschal de Champagne, Seigneur de Vaucouleur, Anceruille, &c. espousa [2] Marguerite de Vaudemont (fille de Henry III. Comte de Vaudemont & d'Isabel de Lorraine) qui deuint heritiere de Vaudemont par la mort de Henry IV. Comte de Vaudemont son frere aisné.

HENRY V. Comte de Vaudemont & Sire de Ioinuille espousa Marie de Luxembourg, fille de Iean de Luxembourg, Chastellain de Lille, & d'Alix de Flandres.

MARGVERITE heritiere de Vaudemont & de Ioinuille esp. 1. Ferry de Lorraine Seigneur de Guise, puis Pierre Comte de Geneue, frere de Clemét VII. tenu pour Pape.	ALIX de Vaudemont Dame de Chastel sur Moselle, Comtesse de Chaligny, de Romont, &c. espousa [3] Thiebaud Sire de Neufchastel, fils de Thiebaud Sire de Neufchastel & de Marguerite de Bourgongne-Montaigu.

IEAN de Neuchastel Seigneur de Montaigu espousa Marguerite de Castro, de la Maison de Castro en Portugal, alliée à la Maison Royale de Portugal.

FERDINAND Site de Neufchastel espousa Claude de Vergy.

ANNE de Neufchastel espousa Christophle de Longuy Cheualier Seigneur de Longepierre, frere de Claude de Longuy, dit le Cardinal de Giury.

LOVYSE de Longuy espousa Girard de Rye Seigneur de Balançon.

PHILIBERT de Rye Comte de Varas espousa Claude de Tournon.

ALEXANDRINE de Rye femme de Leonard II. Comte de Tassis, & Mere de Lamoral III.

2 Vassebourg au 6. liure des Antiquitez de la Gaule Belgique fol. 46. & 413.
3 Iean Ruyr Chanoine de l'Eglise de saint Diey en ses Antiquitez Sacrées de la Vosge, partie 3. liu. 5. chap. 6.

TABLE II.

Contenant la proximité de la Maison de RYE auec les Sereniffimes Ducs de SAVOYE.

BERTRAND de la Tour Comte d'Auuergne & de Bolongne espousa Iacquette du Peschin.

BERTRAND de la Tour II. du nom Comte de Bolongne & d'Auuergne espousa Louyse de la Trimouille.	GODEFROY de la Tour, dit de Bolongne, Baron de Montgascon espousa Anne de Beaufort de Turenne.
IEAN de la Tour Comte d'Auuergne & de Lauraguais espousa Ieanne de Bourbon.	GEOFROY de la Tour, dit de Bolongne, Baron de Montgascon espousa Antoinette de Polignac.
MAGDELENE de la Tour espousa Laurent de Medicis Duc d'Vrbin.	ANNE de la Tour, dite de Bolongne, espousa François de la Tour Vicomte de Turenne, son cousin en degré esloigné.
CATHERINE de Medicis espousa Henry II. de Roy de France.	CLAVDE de la Tour espousa IVSTE Baron de TOVRNON & Comte de Roussillon.

ELISABETH de France espousa PHILIPPE II. Roy des Espagnes & des Indes.	MARGVERITE, premiere femme de Henry IV. Roy de France.	IVSTE-LOVYS Seigneur de Tournon & Comte de Roussillon espousa Magdelene de la Rochefoucaud.	CLAVDE de Tournon espousa PHILIBERT de RYE Comte de Varas Seigneur de Balançon, &c.
ISABELLE-CLAIRE-EVGENIE Infante d'Espagne Princesse des Païs-bas & de Bourgongne.	CATHERINE Infante d'Espagne espousa Charles-Emanuel Duc de Sauoye.	IVST-HENRY Seigneur de Tournó & Comte de Roussillon esp. Catherine de Leuis de Ventadour, puis Louyse de Mótmorency-Bouteuille: mort l'an 1643.	ALEXANDRINE de RYE esp. LEONARD Comte de TASSIS.

VICTOR-AMEDEE Duc de Sauoye.	MAVRICE Prince de Sauoye.	FRANÇOIS THOMAS Prince de Carignan a espousé Marie de Bourbon.	MARGVERITE espousé de François Gonzague 2. du nom Duc de Mantouë.	YSABEAV femme d'Alfonse d'Este Prince de Modena.	LOVIS-IVST Comte de Tournon & de Roussillon mort en en l'an 1644. sans enfans de Magdeleine de Neufuille sa femme.	LAMORAL III. Comte de TASSIS.

TABLE

TABLE III.

Contenant le parentage de la Maison de RYE *auec les Sereniſſimes Ducs de* LORRAINE.

BERTRAND de la Tour Comte de Bolongne & d'Auuergne eſpouſa Iacquette du Peſchin.

BERTRAND de la Tour I I. du nom Comte de Bolongne & d'Auuergne eſpouſa Louyſe de la Trimoüille.	GODEFROY de la Tour, dit de Bolongne, Baron de Montaſcon eſpouſa Anne de Beaufort de Turenne.
IEAN de la Tour Comte d'Auergne & de Lauraguais eſpouſa Ieanne de Bourbon.	GEOFROY de la Tour, dit de Bolongne, Baron de Montgaſcon eſpouſa Antoinette de Polignac.
MAGDELENE de la Tour eſpouſa Laurent de Medicis Duc d'Vrbin.	ANNE de la Tour, dite de Bolongne, eſpouſa François de la Tour Viſcomte de Turenne.
CATHERINE de Medicis eſpouſa Henry II. Roy de France.	CLAVDE de la Tour eſpouſa Iuſte Baron de Tournon & Comte de Rouſſillon.
CLAVDE de France eſpouſa Charles Duc de Lorraine & de Bar.	CLAVDE de Tournon eſpouſa Philibert de RYE Comte de Varas, Seigneur de Balançon.
HENRY Duc de Lorraine & de Bar eſpouſa Marguerite Gonzague. / FRANÇOIS Comte de Vaudemont & Duc de Lorraine.	ALEXANDRINE de RYE femme de Leonard I I. Comte de TASSIS.
NICOLE. CLAVDE. CHARLES. FRANçOIS.	LAMORAL III. Comte de TASSIS.

TABLE

TABLE IV.

Contenant le parentage de la Maison de RYE auec les Grands Ducs de TOSCANE *& Archiducs* D'AVSTRICHE *en Tirol.*

IEAN Baron de Chauuigny espousa vne fille de Iean de la Baume premier Comte de Montreuel & de la fille du Seigneur d'Aips en Sauoye.

MARIE de Chauuigny espousa Iacques Baron du Peschin.

IACQVETTE du Peschin espousa Bertrand de la Tour Comte de Bolongne & d'Auuergne.

BERTRAND de la Tour II. du nom, Comte de Bolongne & d'Auuergne, espousa Louyse de la Trimoüille.	GODEFROY de la Tour, dit de Bolongne, Baron de Montgascon espousa Anne de Beaufort de Turenne.
IEAN de la Tour Comte d'Auuergne & de Lauraguais espousa Ieanne de Bourbon.	GEOFROY de la Tour, dit de Bolongne, Baron de Montgascon espousa Antoinette de Polignac.
MAGDELENE de la Tour espousa Laurent de Medicis Duc d'Vrbin.	ANNE de la Tour, dite de Bolongne, espousa François de la Tour Viscomte de Turenne.
CATHERINE de Medicis espousa Henry II. Roy de France.	CLAVDE de la Tour espousa Iuste Baron de Tournon & Comte de Roussillon.
CLAVDE de France espousa Charles Duc de Lorraine & de Bar.	CLAVDE de Tournon espousa Philibert de Rye Comte de Varas, Seigneur de Balançon.
CHRESTIENNE de Lorraine espousa Ferdinand de Medicis Grand Duc de Toscane.	ALEXANDRINE de Rye femme de Leonard II. Comte de Tassis.

COSME de Medicis II. du nom, Grand Duc de Toscane, esp. Marie Magdelene d'Austriche.	CLAVDE de Medicis espouse de Leopolde Archiduc d'Austriche, frere de l'Empereur Ferdinand II.	LAMORAL III. Comte de Tassis.
FERDINAND de Medicis II. du nom, Grand Duc de Toscane.	FERDINAND Archiduc d'Austriche, Lantgraue d'Alsace, & Comte de Tirol.	

TABLE

TABLE V.

Contenant le parentage de la Maison de R Y E auec les Princes puisnez de la Maison de L O R R A I N E.

SIMON Seigneur de RYE, de Balançon & de Dicey espousa Ieanne de la Baume, fille de Marc de la Baume, Comte de Montreuel.

IOACHIM Seigneur de RYE Sommelier de corps de l'Empereur CHARLES V. & Cheualier de l'Ordre de la Toison d'or, espousa Antoinette de Longuy Dame de Giury, fille de Christophle de Longuy Seigneur de Longepierre & d'Anne de Neufchastel.

GIRARD de RYE Seigneur de Balançon, second Sommelier de corps de l'Empereur CHARLES V. espousa Louyse seconde fille de Christophle de Longuy, Seigneur de Longepierre.

MARC de RYE Seigneur de Dicey espousa 1. Ieanne de Longuy, troisiéme fille de Christophle de Longuy Seigneur de Longepierre; 2. Marie Raguier, de laquelle il eut

FRANÇOISE de RYE esp. premierement Claude-François de RYE son cousin germain; puis Leonor Chabot Grand Escuyer de France, Comte de Charny.

MARC de RYE Marquis de Varambon, Cheualier de l'Ordre de la Toison d'or, Gouuerneur de la Duché de Gueldres & Comté d'Artois, espousa Dorothée de Lorraine.

PHILIBERT de RYE Côte de Varas Bailly de Dole, Gouuerneur de la Duché de Gueldres, General de l'artillerie aux Païs-bas, espousa Claude de Tournon.

IOACHIM de RYE Marquis de Tresfort Gouuerneur de Bresse.

FERDINAND de RYE Archeuesque de Besançon.

CLAUDE-FRANÇOIS de RYE esp. Françoise de RYE sa cousine, fille de Ioachim son oncle.

MARC-CLAUDE de RYE Seigneur de Dicey, Marquis de Dogliani, espousa Chrestienne Madruce.

MARGUERITE Chabot, femme de Charles de Lorraine premier Duc d'Elbœuf.

LEONORE Chabot, femme de Christophle de RYE Marquis de Varambon.

CHRISTOPHLE de RYE de la Palud Marquis de Varambon, Cheualier de l'Ordre de la Toison d'or, espousa Leonore Chabot.

FRANÇOIS de RYE Archeuesque de Besançon.

CLAUDE de RYE Seign. de Balançon a esp. Claudine-Prospere de la Baume, de laquelle il n'a aucuns fils.

ALEXANDRINE de RYE, femme de Leonard I I. Comte de Tassis, Gentil-homme de la Chambre de l'Empereur Ferdinand I I.

MARC-FRANÇOIS de RYE, Marquis de Dogliani, Côte d'Arberg, mort à Ratisbonne en l'an 1641. sans auoir esté marié.

CHARLES de Lorraine I I. du nom, Duc d'Elbœuf, a espousé Catherine Henriette legitimée de France.

HENRY de Lorraine Comte de Harcourt.

FRANÇOIS de RYE I. du nom, Marquis de Varambon, Bailli de Dole, esp. 1. Catherine d'Oostfrise, 2. Christine de Haraucourt.

FERDINAND de RYE Marquis de Varambon, Bailli de Dole, Capitaine d'vne compagnie d'hommes d'armes.

FRANÇOIS de RYE II. du nom, Marquis de Varambon, Bailli de Dole, Capitaine d'vne compagnie d'hommes d'armes.

IEANNE-PHILIPPE de RYE Dame de Remiremont.

FERDINAND de RYE né l'an 1637. de la 2. femme.

F I N.

ADDITION

AV

TRAITTÉ

DE LA MAISON

DE RYE

SVR L'ORIGINE DE CETTE

FAMILLE.

I'AVOIS remis à vn autre temps l'esclaircissement de la difficulté, qui jusques à present n'a point esté vuidée, touchant l'Origine de la Maison de RYE. Et comme le soin & le trauail m'ont tousiours semblé deuoir estre les seuls illustrateurs de cette verité, je m'en rapportois à la diligence de ceux, qui à la faueur d'vne heureuse Paix seront employez à former vn corps d'Histoire de tout ce qui concerne cette Famille. Neantmoins les curieux m'ont arraché des mains ce discours, alleguans pour raison, qu'encore que je ne mettrois pas fin à ce different d'vn premier coup, neantmoins on seroit bien aise d'apprendre en quoy il consiste: veu que si dans les recherches on attend la derniere piece, on tient tousjours les Doctes en ha-

E　　　　　leine,

leine, qui toutefois fçauent bien eftimer les veilles des rigoureux Critiques, lors qu'auec leurs
menuës corrections ils aydent beaucoup ceux
qui entreprenent de plus grands ouurages. Enfin ils difent que je fais tort à ce que j'ay efcrit
ci deuant de cette Maifon, fi je ne traitte de fon
Origine : car tout ainfi que la premiere chofe
qui fe prefente à nos yeux à l'entrée de quelque palais magnifique, eft vn front qui nous de-
fend de paffer outre fans l'auoir auparauant pri-
fé ; de mefme ce qui doit paroiftre auant toutes
chofes fur le fuëil de l'Hiftoire d'vne Famille,
eft vn difcours particulier de fon Origine. En
effect vn portal, encore qu'il foit des plus ma-
gnifiques, orné de piliers de marbre de Gen-
nes, & de Suede, & accompagné d'vne grace digne de ceux qui l'habitent; n'eft pas plus-agrea-
ble à voir que l'eftabliffement d'vne Illuftre race, dans lequel on reconnoit les fondemens de
fa durée, les niches preparées pour receuoir les
ftatues de ceux qui en defcendent, afin de l'em-
bellir, & les alliances futures auec diuerfes grandes Maifons, qui à guife de forts pilaftres doiuent vn jour contribuer toutes enfemble à fouftenir le faix.

Pour entrer donc en matiere, je diray qu'il
eft certain, que deux freres du furnom de RYE
rendirent leur nom celebre en Bourgongne il y
a plus de fix cens ans, par des actions fi heroïques, que l'Hiftoire n'en fournit gueres de pa-
reilles. C'eftoit fur le declin de la race des derniers Roys de Bourgongne, lors que leur Eftat
foubs

ſoubs Rodolphe I I I. fut ſi puiſſamment com-
battu, que ſon eſtenduë ſeruoit de Theatre
guerrier à la Nobleſſe de l'Europe. Ce Roy
n'ayant point d'enfans d'Ermengarde ſa femme,
ſe laiſſa [1] poſſeder par le premier de nos Comtes
appellé [2] GVILLAVME, & ſurnommé OTHON:
& cetui-ci eſtant de la race des Roys d'Italie, &
ayant herité de pluſieurs belles Prouinces du
Royaume de Rodolphe (d'où vient qu'il eſt
appellé Comte de la plus grande partie de la
Bourgongne) ſe ſeruit de l'occaſion, pour s'af-
fermir en vn Païs, où ſa naiſſance de delà les
Monts luy auoit acquis le ſurnom *d'Eſtranger*.

Or pour cet affermiſſement il eſt porté dans
l'Hiſtoire, qu'il s'ayda de ces deux freres ſur-
nommez de R Y E: leſquels, neantmoins pour
la longueur du temps on n'a peu connoître
par leurs noms propres. Mais il conſte qu'ils
eſtoient freres, & iſſus d'vne Nobleſſe ſi peu
commune desja en ce temps, qu'vn [3] grand &
docte Prelat, qui a deſcrit ces guerres, les appelle
tantoſt *nez de tres-Haute Nobleſſe*, tantoſt *procreez
d'vne Famille tres-releuée*. La premiere mention
qui s'en trouue, c'eſt de l'vn d'eux, quand le
Comte Guillaume fit la guerre à Guy fils de
Hardoüin, & que cetui-ci fut contraint de ſe re-
tirer honteuſement : car en cette conjoncture
l'vn des freres de R Y E, encor jeuſne, le pour-
ſuyuit ſi bien auec vne partie de la Caualerie,
qu'il défit ſon arriere garde, luy ayant donné
la chaſſe juſques au paſſage d'Ancize. Le lan-
E 2 demain

[1] Ditmarus Marſeburgius Epiſcopus in Chronico Rodulphum vocat *Regem mollem & effeminatum.*

[2] Idem Ditmarus loc. cit. WILLERMVS *Comes, de quo prædixi*, MILES (id eſt vaſallus) *Regis* (Rodulphi) *in nomine, & Dominus terra re: & in his partibus nullus vocatur* COMES, *niſi is qui* DVCIS *honorem poſſidet: & ne illius poteſtas in hac regione paulò minùs minneretur, conſilio & actu Imperatoria Maieſtati* (quam heredem ſcripſerat Rex Rodulphus) *ſicut prædixi, reluctatur.*

[3] Alphonſus Delbene Epiſcopus Albienſis de Regno Burgundiæ. Transjuranæ & Arelatis libro tertio: *Primâ luce re confirmatâ*, RIEVM SVMMA NOBILITATE *adoleſcentem cum equitatu præmiſit, qui noniſſimum agmen moraretur. Is noniſſimos eſt adorſus, & vſ-*

que ad aditum Anceziarum perſecutus, multos extremi agminis fugientes concidit, &c.

demain il [1] occupa cet important paſſage, ſitué entre deux coſteaux d'vn aſpre rocher : ce qui fut cauſe de la victoire gagnée peu aprés au lieu de Cerdieres, par la defaite totale de l'armée ennemie des intereſts du Comté GVILLAVME. L'année ſuiuante il falut paſſer les Monts, & aller au recouurement du Marquiſat d'Italie, qui appartenoit au meſme Comte du coſté de ſon Pere. Le Seigneur de R Y E commanda pareillement en cette occaſion vne bonne partie de la Caualerie. Les ſuccés qu'il y eut reſueillerent le Roy Rodolphe, & le firent entrer en crainte que GVILLAVME ne vouluſt aſpirer à la Royauté. Sur cette apprehenſion Rodolphe [2] declara l'Empereur Henry ſon heritier : & cetui-ci leua en haſte pour venir reduire le Comte GVILLAVME. Ce fut en ce temps que parurent ſur tout les deux freres de R Y E : car voici comment tous deux ils terminerent leurs jours par vne mort comparable à celle des [3] plus-glorieux Capitaines de l'Antiquité. Ainſi que l'armée Imperiale approchoit à deſſein de liurer bataille deuant que les troupes auxiliaires, que le Comte GVILLAVME amaſſoit de toutes parts, fuſſent jointes, le Seigneur de R Y E eut
ordre

[1] Loc. cit. *VVillermus autem ſuas copias, etſi iniquo loco, in aciem eduxit, & equo dimiſſo contra hoſtes eſt progreſſus. Guido vero duas acies conſtruxerat, vnam, quam* RIEO *oppoſuit, alteram* WILLERMO, *ne poſt tergum hoſtem relinqueret ; ſpemque omnem ſalutis in virtute eſſe ponendam exiſtimauit. Quare magno animo impetum* WILLERMI *ſuſtinuit. Otho vero frater Guidonis* RIEO *ſe oppoſuit. Pugnatur vno tempore omnibus locis, atque omnia tentantur. Cùm autem à primâ ferè luce ad horam duodecimam dimicaretur, tandem acies Guidonis depulſa eſt, atque in fugam connerſa,* &c.

[2] Sigebertus in Chronico.

[3] Epiſcopus Albienſis loc. cit. RIEVS, *qui equitatui* WILLERMI *praerat, cùm non ampliùs mille ducentos equites haberet, impetum tamen ſuſtinere voluit. Facto impetu acies* RIEI *perturbata eſt, atque compluribus equis deiectis in fugam connerſa eſt ; qui ſe vt à periculo liberarent, non priùs fugere deſtiterunt, quàm in conſpectu* WILLERMI *agminis deueniſſent. In eo praelio ex Allobrogibus equitibus quadringenti & quinquaginta interficiuntur, multi vulnerati : in his vir* FORTISSIMVS RIEVS, & EIVS FRATER, AMPLISSIMO GENERE NATI. *Hic, cùm frater ab hoſtibus grauiſſimè eſſet vulneratus atque intercluſus, auxilium ferre voluit, & fortiſſimè dimicauit, vt ex periculo illum eriperet : ſed ipſe in pugnâ equo vulnerato eſt deiectus atque circumuentus : tunc quoad potuit acerrimè reſtitit, ſed multis vulneribus acceptis concidit : frater verò, qui praelio exceſſerat, cùm procul animaduerteret fratrem abeſſe, incitato equo vltrò hoſtibus ſe obtulit, atque interfectus eſt.*

ordre de mefnager le temps, & d'entreténir
l'ennemy auec de legeres efcarmouches. Il le fit
ainfi pendant plufieurs jours; mais enfin l'ennemy bien informé du retardement du fecours
promis au Comte, deftacha deux mille cheuaux
pour en venir charger douze cens, aufquels le
Seigneur de R y e commandoit. Cette réfolu-
tion extraordinaire des ennemis n'eftonna point
ce Seigneur; & nonobftant que fes forces fuf-
fent prefque de la moitié inferieures, il ne laiffa
de les vouloir fouftenir, ne voyant le moyen
de faire vne honnefte retraitte. Mais fes gens
lafcherent foudain le pied, & abandonnerent
vilainement leur Chef, qui fe trouua incontinent inuefty. Son frere qui le vit en vn danger
fi euident, & desja tout empourpré de fon fang,
ne tarda point fans courir à bride abbattue, pour
fe lancer parmy les ennemis afin de le defgager:
ce qui luy reüffit, mais auec intereft de fa propre
vie, qu'il y laiffa glorieufement. Pendant quoy,
fon frere, qui s'eftoit defueloppé de la meflée,
ayant de fon cofté grand foin de la conferua-
tion de fon frere, voyant qu'il ne paroiffoit
point, & qu'il eftoit demeuré au milieu des ennemis, tourna bride pour luy rendre la pareille:
mais fans fuccés, puis qu'il eftoit desja mort,
& que luy mefme par vn admirable exemple
d'vne rare affection fraternelle y laiffa la vie,
penfant la donner à fon frere, qui l'auoit desja
perdue, en voulant conferuer la fienne. Ce
combat fe donna fur le lac de Geneue en l'an
de la naiffance de noftre Seigneur M. x x.

E 3   On

On demande maintenant qui ils eſtoient, ſur quoy je diray qu'il y a deux opinions. La premiere eſt fondée ſur vne tradition de la Maiſon; à ſçauoir que dez pluſieurs ſiecles ils ſont venus d'Angleterre, & que lors que la fortune du Prince, dont ils eſpouſerent le parti, les eut vne fois tiré de cette Iſle, ils ne voulurent plus y rentrer. Ils aſſeurent, & il eſt vray, qu'en la coſte de ce Royaume au Païs de Kent, ſur l'Ocean Germanique, il y a encore vn port nommé R Y E, qui eſt vn [1] de ceux dont les habitans, honorez du tiltre de Barons, ont droit d'aſſiſter au ſacre des Roys d'Angleterre, de porter le dais qui les couure, & d'auoir ſeance à la Table du Roy à ſa droite meſme. On adjouſte qu'apparemment ce fut en la conjonĉture du mariage du Prince RENAVD de Bourgongne, fils ainé du Comte GVILLAVME, auec la fille de Richard I I. Duc de Normandie, nommée Alix: & qu'on tient, qu'alors ces deux jeunes Seigneurs accompagnerent cette Princeſſe, comme bien connus des Princes Normans ſes parens, à cauſe de la frequentation de la Cour de Normandie par les Anglois, qui auoient pour Reyne Emme de Normandie, tante de la Princeſſe Alix, & ſœur de Richard ſon pere. Ils authoriſent le tranſport de cette Famille d'Angleterre en Bourgongne par l'exemple de pluſieurs Maiſons Souueraines & autres de ces temps là, & par celuy de pluſieurs Bourguignons meſmes, qui peu aprés paſſans de leur Païs en Eſpagne, donnerent commencement

aux

[1] Guilielmus Camdenus in Britanniâ, vbi de Cantianâ Regione.

aux Maiſons Royales de Caſtille & de Portugal; attendu que les vertus rendans des hommes de cette ſorte tres-recommandables, les peuples, chez leſquels ils paſſoient, ne leur permettoient volontiers de retourner aux lieux d'où ils eſtoient partis.

L'autre opinion eſt contraire à la precedente, au regard du Païs duquel on tient que ces deux Seigneurs tirent leur extraction : mais elle conuient en la grandeur de cette Maiſon, & ne penſe pas moins que de la faire deſcendre de la race propre des Princes de Bourgongne meſme : d'où vient (diſent ceux-ci) que ce docte Prelat parlant de ces deux freres, il les releue tousjours du coſté de leur Nobleſſe qu'il appelle *Tres-Haute?* Ces termes ne conuiennent qu'à des Princes, & à des Princes comme eſtoient ceux de Bourgongne, dont les lignes eſtoient toutes tirées d'Empereurs & de Roys. C'eſt beaucoup dire à la verité; mais les fondemens de leur opinion ſont ſi raiſonnables, que pour le moins je ne ſçaurois la blaſmer. Ils demandent là deſſus, pourquoy les plus anciennes alliances de cette Famille ſont auec des Dames, filles des autres branches des meſmes Comtes, & diſent qu'en ces temps là, à moins que d'auoir vn eſtoc ſi Illuſtre, jamais tels mariages n'euſſent eſté permis : & qu'vne marque fort receuable de leur Origine eſt celle de l'eſcu de leurs armes, qui eſt d'azur à l'Aigle d'or : qu'en ces temps là ce Roy des Oyſeaux n'eſtoit porté dans les ter-

E 4

mes

mes de la Bourgongne, que par les Princes qui
tenoient les reſnes de cet Eſtat, comme il pa-
roiſt par cent veſtiges de l'antiquité, par le con-
ſentement des Autheurs qui l'eſcriuent, & par
la figure du Comte RENAVD de Bourgongne, qui porte vn Aigle en ſon eſcu ſur la
porte de l'Egliſe d'Acey, dont il eſtoit fonda-
teur; dans laquelle les Seigneurs de la Maiſon
de RYE ont tres-ancien droit de ſepulture,
lequel en ce regard doit eſtre auſſi fort conſi-
deré. Quant à la difference du metal & de la
couleur; tant s'en faut que cela les mette en
peine, qu'au contraire ils ont de tres-beaux
exemples pour y repartir. Cela eſt bon, diſent
ils, à ceux qui ignorent la couſtume du temps
auquel viuoient les freres de RYE mention-
nez ci deuant; car ſans parler de la pratique
des plus Illuſtres races de la baſſe Lorraine,
dont le Duché de Brabant fait vne bonne partie, & des Païs circonuoiſins; il ſe peut preu-
uer par des exemples de la Bourgongne meſme,
que les fils du meſme pere gardoient les pie-
ces de l'eſcu, changeans ſeulement les metaux
& les couleurs. Les Comtes de Bar, de Mont-
beliard & de Ferrette en ont ainſi vſé; car
ayans conſerué leurs bars adoſſez, ils ſe font
contentez de changer les couleurs, comme les
curieux ſçauent: les Seigneurs de Charny &
de Mont ſaint Iean, qui auoient vne meſme
ſouche, porterent les premiers de gueules à
3. eſcuſſons d'argent; & ceux-ci gardans les
eſcuſſons, les firent d'vn plus noble metal.

Et

Et puis, fans fortir de la Maifon mefme de
nos anciens Comtes, les Doctes n'ignorent
aucunement, que les branches, qui hors de
controuerfe en font forties, ont porté l'Aigle,
l'vne d'or & l'autre d'argent, comme les Familles de Vienne & de Montaigu; & que
cette pratique authorife merueilleufement
leur creance, au regard de celle de R Y E.
Enfin que ce qui eft dit à propos du paffage de
cette Famille, que les autres tiennent eftre ve-
nuë d'Angleterre en Bourgongne, touchant
les voyages des hommes Heroïques de ce temps-
là, ne doit pas eftre entendu fi rigoureufement,
veu qu'on fçait bien fur le recit d'vn graue Hiftorien, que certains peuples fort polis, & qui
auoient jadis la prefeance fur ceux d'autres anciennes villes de la Grece, fe vantoient *qu'ils* Iuftinus lib.1.
eftoient nez en la place mefme qu'ils occupoient, & que
le lieu de leur naiffance auoit tousjours efté celui de
leur fejour.

VOILA ce que j'en puis dire, fans auoir fueil-
leté les Cartulaires des anciennes Eglifes,
enrichies des bienfaits de cette Maifon, & feulement fur les difcours que j'ay oüy tenir ci-
deuant à diuers hommes Doctes. I'efpere que le
temps defcouurira quelque chofe d'illuftre en
ce point, & que l'on verra auec eftonnement
l'Origine de cette Famille briller dans les fie-
cles les plus obfcurs & les moins efclairez des
bonnes lettres. Pour maintenant il femble deuoir fuffire, que deux Heros de cette Maifon,

freres,

freres, & qui moururent l'vn pour l'autre il y a
en la prefente année fix cens & vingt cinq ans,
eftoient desja d'vne Famille Tres-Haute : au
moyen dequoy, fi nous voulons auoir efgard
à la durée du temps qui eft requife pour ac-
querir vn tel tiltre à vne race, il faudra confeffer
qu'il y a prés de mille ans qu'elle eftoit desja en
eftre, & qu'elle tenoit vn rang efleué fur le
commun des autres.

F I N.